培生吟草

吳大和

夾培生著

序一

《詩》大序曰：「詩者，志之所之也。在心爲志，發言爲詩。」故搖動性情，形諸舞詠，莫尚於詩。然則，自民國以還，歐風日漸，教失根本。士人所作，率皆吟風弄月，流連光景之詩。欲求一辭氣豪邁，而風調清深；屬對律切，而不落窠臼者，不可亟得。究其所以，毋乃務華而棄實，捨本而逐末。是詩道陵夷，其來有自。

耿公育英，生鍾岱嶽剛風，嶔崎磊落；誕挹泗洙靈氣，倜儻權奇。桓臺即古之新城，物華天寶，人傑地靈，漁洋是其尤者。而山東自古聖賢輩出，孔、孟、顏、曾，固無論矣，劉楨、王粲、左思、何遜、李清照及李攀龍等，靡不踔厲風發，掉鞅壇壝。公尤卓犖，激鏗鏘於靈府，韻發笙簧；蘊騷雅於麗詞，篇成綺繡。蓋其爲人，襟懷豁達，而其學又足以副之也。

余有幸，迴環紬繹其詩，唱酬閒詠，意邃辭工。其快意處，如飛兔、要裹，奔逸絕塵；其豪邁處，如漁陽撾鼓，慷慨淋漓。竟不自知擊節賡歌，其感人有至於此者。不寧惟是，大抵詩人，多憚用「咸」韻。李清照詞云：「險韻詩成，別是閒滋味。」一代才女，抑且如此，遑論他人。細數《唐詩三百首》，只有李商隱《隋宮》一篇，餘若《古唐詩合解》、《宋元明詩評註》，俱付諸闕如。《清詩評註》亦僅舒位《阮嗣宗》一首而已。而公詠《古松》云：「大夫封後益尊嚴，古幹參天傍翠巖。贏得宣尼一嗟嘆，凌霜傲雪不平凡。」嘗一臠即知鼎味，令人激賞不已！

詩鐘，小小技也。然不富腹笥，則不能措一詞。民初，王闓運、朱祖謀、易順鼎、袁克文、高步瀛、陳衍、梁啓超、張昭芹、樊增祥及嚴復等名師碩儒，共同創立「寒山社」，與會諸公，都一六八人。其作品裒成一集，顏之曰：《寒山社詩鐘選》。其雄渾也，如韓海蘇潮，浩瀚無涯；其蘊藉也，不著一字，盡得風流；其清新也，如曉風楊柳，淥水芙蕖，猗猗盛哉！而公蛾術之。有曰：「中華」一唱：「中原馳去馬蹄疾，華表歸來鶴語寒。」；「女花」二唱：「名花傾國《清平調》，仕女空閨《思遠人》」；「筆花」四唱：「千秋狐筆留青史，孤嶺梅花播異香。」；「復興」五唱：「次山煥乎興唐頌，白水終於復漢朝。」；「客雲」七唱：「北固留詩題謝客，東坡有妾號朝雲。」豈不善哉！是亦具體而微矣。

八年前，公以余爲孤竹老馬而問道於余。余見其謙謙自牧，亟思積蹞步以致李、杜藩翰，是以不自揆略示其所嚮。而公焚膏繼晷，兼程邁進，遂豁然開朗。第斯集行將付諸剞劂，爾乃意氣懃懃懇懇，丏序於余，爰綴數言，用表欽遲焉。

柳園　楊君潛　謹識

二〇一八年歲次戊戌杏月於停雲閣寓所

序二

楊　蓁

耿耿儆儆的朋友。

許愼《說文解字》：「耿字者，明也、淨也，故從耳從火。」魏校《六書精蘊・音釋》曰：「耿者，不寐而耳熟也。」孫伯融《寶劍歌》：「寶劍光耿耿，佩之可當一龍。」儆者，從人從敬，警也、戒也；儆儆者，戒愼恐懼，耿介而守節也。奈何吾友其姓也耿，其性亦耿，而又從事於警界。是巧合？是宿命？然則，耿兄之爲人處事，耽詩作畫，其勤奮之精神與成就，令人敬重、佩服，乃友朋之定論也。

耿介與梗直，有時難釋其精意。唯梗直，幾乎代表魯籍人正直個性，吾兄有之。耿介，正直而不與俗苟同，吾兄亦持之。此中具體詮釋，在其去年出版之《星空夜語》著作中。將其畢生在警界排難解紛事跡裡，一覽無遺。

至於書與畫，亦如同其個性。拜師而不師其形，不滯其法，但其不寐而耳熟矣。因而任何場所，大筆一揮，瓜藤雞雀，滿園花卉，已躍然紙上。峰石如奔雷，留白如川瀑。其快筆狂草之山水，幾嘆爲觀止。亦在耿兄已出版之畫集，頁頁皆美，幅幅令人神往。是故，每遇邀展或文化交流活動組團，有耿兄參與，即有道友呼曰：「有一龍在，可仗可倚也。」

警界退休後，自臺北畫學研究會、神州書畫會、大漢書藝協會、大漢詩社、古典詩研究社等，在在與耿兄形影不離。每出遊，多同宿。或論事，或述古；或論書畫，或解詩詞；或漫說儒學與老莊，或笑談宮廷野史，南拳北腿；或究佛理佛性，禪修淡定，耿兄均能深入淺出，見多識廣，理其精要，令人信服，幾無置喙餘地。觀其年庚屬牛，而其個性雖耿介而不牛；且舉止優雅，文才內斂，其涵養閱歷，不可斗量也。此山東佬，可親可敬，可師可友，孰不贊同？

週前面示：「我的吟集已編妥，既不要詩，也不要畫，就等您的說辭。」論詩評律，鯫生那敢有辭，惟我輩學詩，初以題畫爲本旨。有畫題詩，可就畫面取材，較易拿捏。久之，漸體詩味。汲古得綆，力求詩中有畫，讓一聯一韻，即能表達出高超意境。既有意象之眞切性，又使字句明麗而動人，難也！惟耿兄豁然達焉。讀其詠句，如《題鯉》云：「四海任游息，五湖是我家。」；《秋景》云：「陶令歸來詩興好，霜寒露冷菊花開。」；《五德將軍》云：「膠膠斷續樹雞鳴，底處傳來舞劍聲。」等，詩意湧於畫境，切題切意而不晦澀，此工畫工詩之結果。

耿兄曾題《大漢詩選》第一輯曰：「編成付梓留壇坫，一卷清音四海珍。」借用爲愚弟之祝賀，足矣。

自序

耿培生

詩在於發揮自己的懷抱，是吟詠情感之語言。余自幼即受詩的薰陶，在讀小學時背誦：「春眠不覺曉，處處聞啼鳥。夜來風雨聲，花落知多少？」此時雖不能了解詩中含義，但卻有清新舒暢之感。家嚴業商，但喜交文人雅士。家中客廳，掛滿名人書畫；其中如張繼之《楓橋夜泊》，即使我印象最深。

讀中學時，已讀過本鄉詩人王漁洋之作品，與其詩話《神韻說》，以及女詩人李清照之詩詞。因而對詩詞更加神往。然因受日寇侵略所迫，家鄉遭受燒殺掠奪，乃忿而從軍抗日。從此即對詩詞形成陌路。迄日寇投降，復原從公，與名詩人廖醒群教授共事，才受其指導開始學詩。但因工作所限，不能持續求進，以致所學無功。直至退休後，爲研習書畫，加入大漢書藝協會，由理事長楊蓁，推薦中華民國古典詩研究社理事長楊君潛先生爲西席，並在大漢成立詩詞研究社。於是，余才再從頭開始學詩。

楊君潛老師，爲國內之知名國學詩詞專精學者，榮受各界所推崇。其所著二十餘萬言之《柳園詩話》，可說爲詩界之總匯。同時其教學認眞，講解透澈深入，使受教者很快即步入，相題、御韻、調平仄、正黏對之境。因而使余對詩詞已略窺門徑。爲加奮勉，爰將在大漢詩壇、古典詩刊、中華詩學雜誌等，所刊出之詩、詞、鐘、聯，篩檢後付梓，除作自我箴砭外，尙請騷壇耆宿暨社會賢達，不吝惠賜指導批評是感。

本書辱承中華詩學研究會理事長吳大和先生題耑，春人詩社社長楊君潛老師、中華大漢書藝協會前理事長楊蓁先生贈序，併此誌謝。

▲江帆遠影

▲飛流直下

目錄

徜徉山水　十五首

泉流一道帶
峰出半天雲

李峪
阿桂書

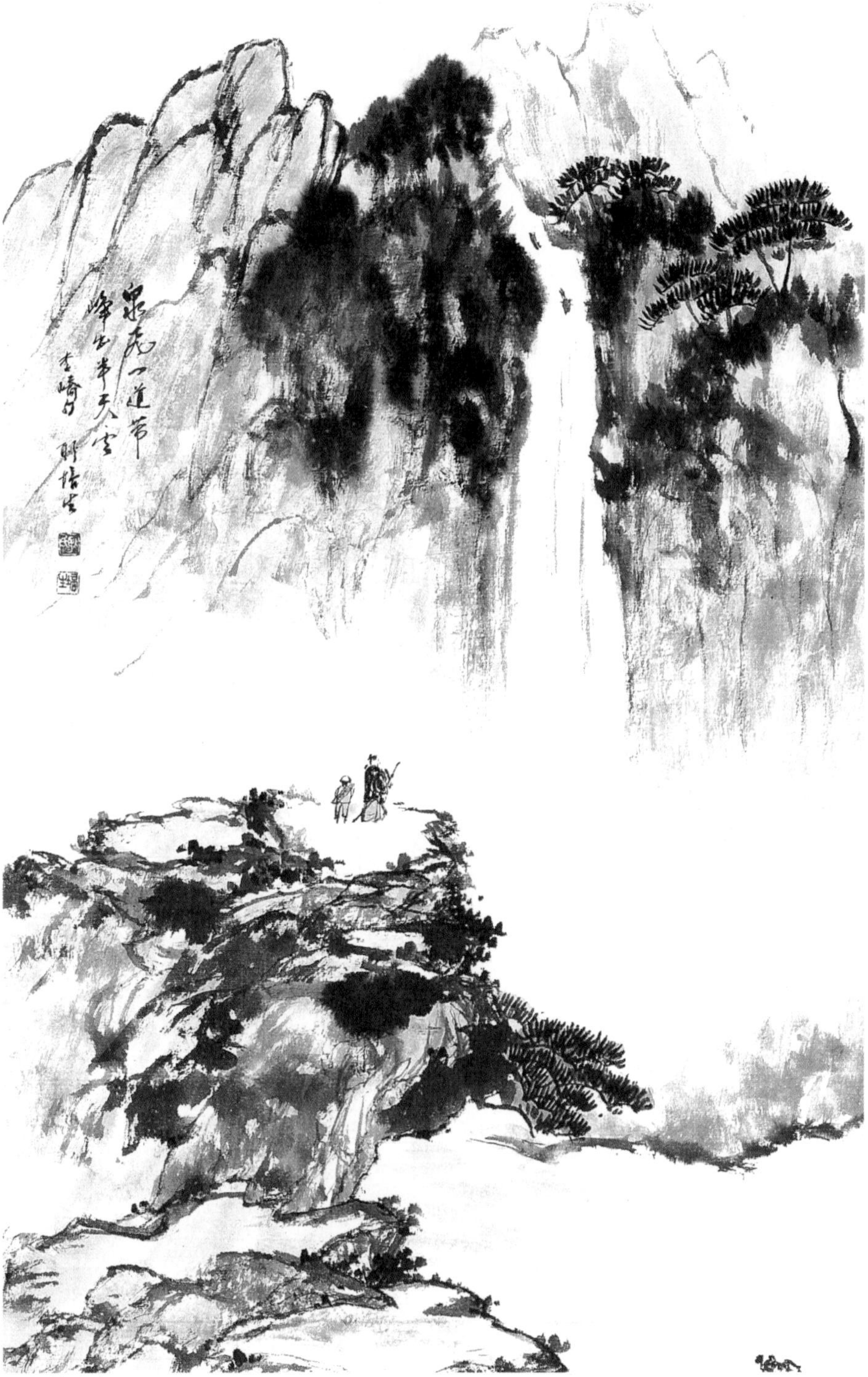

▲飛瀑流泉

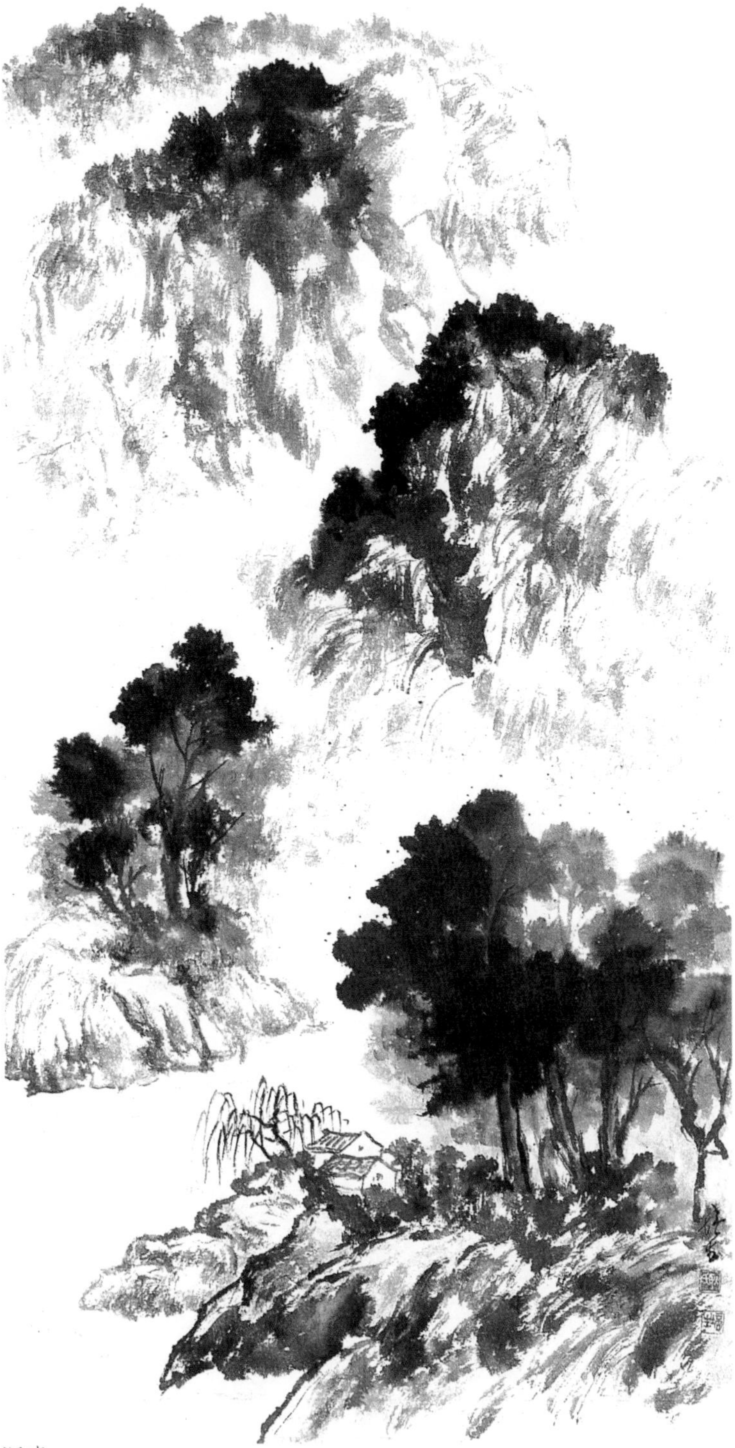

▲雲山深處

得獎作品　七首

一　大陸二〇一二年舉辦「釣魚島杯」愛國詩詞大賽　榮獲一等獎

日本侵占我釣魚島為國有二首

倭奴啓釁慣塡膺，詭詐陰謀逞狡橫。
釣島原爲吾管轄，版圖那忍日吞併。
軍機戰艦宣威武，正義公論令止兵。
世紀華人齊討伐，同仇敵愾誓屠鯨。

其二

戰敗投誠不惕慫，併吞掠奪竟仍然。
犯疆倭寇思侵略，保釣華民宣主權。

買島興兵情詭譎，軍機炮艇日流連。
長崎廣島灰猶在，大阪東京詎保全？

註一　大陸二〇一二年舉辦「釣魚島杯」愛國詩詞大賽，暨書畫聯展活動，榮獲詩詞作品一等獎，並授予「愛國詩人」稱號。

註二　按本次活動，係由華文作家網、中國國際詩書畫研究院、北京文海書香書畫院等聯合舉辦。在所有海內外來稿作者共五、八二六人，總計一三、八五二件作品中，評選出獲獎詩詞作品一、五八八首；書畫作品五五八楄幅。

二　上海楹聯總會舉辦：「滬臺丙申熱詞春聯」徵選　榮獲二等獎

賽會迎神　默娘遶境　滬臺爲點贊
鑿詩弔屈　角黍飄香　蒲艾慶端陽

三　中華詩學研究會舉辦二〇一七年「太平島」全球徵聯　榮獲優等獎

南海息鯨波　戍土貔貅防外寇
太平屯虎旅　枕戈鵝鸛保中華

四　二〇一五年南投縣鹿谷大華嚴寺全國徵詩比賽　榮獲第三名

華嚴寺曉鐘

華嚴寺內曉鐘鳴　斷續噌吰薄太清
界喚三千星乍落　聲傳百八月初傾
蒲牢震地猿心靜　梵唄喧天蝶夢驚
鹿谷五更敲一杵　廣開覺路迓黎明

培生吟草

註　詞宗鄧璧先生評：「詞意雙清，對仗工穩。」

五　臺南市政府舉辦：「山海新象——臺南勝景古典詩徵詩」　榮獲優選獎

謁延平郡王祠　五言絕句二蕭韻

龍渡鯤身海　鯨掀鹿耳潮　崇祠垂宇宙　浩氣薄雲霄

赤嵌城　七言絕句一先韻

大鯨當日宰瀛壖　桔柣門荒感萬千　地剪牛皮還禹域　潮翻鹿耳復堯天

遊闗子嶺　五言律詩十五咸韻

邀遊闗子嶺　嵇阮共扶攙　日旭碧雲寺　星捫玉枕巖

同源出水火　一念隔仙凡　洗罷溫泉浴　塵心蕩滌咸

遊竹溪寺　七言律詩八齊韻

翠竹千竿繞曲溪　悠揚鐘磬認招提　荷清事渺空雲狗　鯤海濤翻失草雞
道引金繩昭四境　津屯寶筏渡群黎　參禪解帶師坡老　步月歸來路不迷

六　南投縣登瀛書院舉辦：「第四屆登瀛詩獎」榮獲優選獎

端午即事

端陽紀節已千年　競渡龍舟各比先
戶掛艾蒲驅魍魎　江投角黍弔英賢
家家祭祖遺風在　處處題襟韻事傳
我獨閒探王逸注　緬懷屈子感綿綿

七　南投縣登瀛書院舉辦：「第五屆登瀛詩獎」　榮獲優選獎

漁父

煙波一叟駕輕舟　日麗風高逐水流
釣得鼇頭群鷺起　旗亭沽酒樂悠悠

▲荷塘小景

▲如意吉祥

酬唱篇　十首

鄧璧公《袖山樓吟增》讀後

中華古典振文風　扢雅揚騷聲譽隆
卅載詩刊相繼出　忘餐點勘受尊崇
袖山吟稿醒塵世　瀛海壇壝樹偉功
余幸有緣隨驥尾　鄙寬儒立化昏聾

祝楊師君潛八十大壽

經師難遇古今同　絳帳千秋紹馬融
德茂咸驚才並茂　詩工更訝賦尤工
有無虛實人爭仰　霽月光風世共崇
八秩懸弧齊祝嘏　蟠桃呈獻壽明公

註　有無虛實，《論語・泰伯》：「有若無，實若虛。」

鼎公《晚學齋新編卷三》讀後

梵膏繼晷讀新編，意廣文深涵蓋全。擲地鏗鏘發金石，包羅萬有壯山川。
書紹鍾王點劃法，詩騷李杜筆花妍。等身著作留天地，文化交流賴斡旋。
麈揮談笑皆名士，解惑傳經道義先。九秩晉三身益健，佇看彭祖並齊肩。
東海釣鼇堅鬥志，誘掖後生舉世傳。康寧福壽謳難老，杖履追隨願執鞭。

讀　劉緯世《湘賢楹聯集粹》有感

鍾靈衡嶽楚材全，曾左楹聯賴梓宣。緯老冥搜功不朽，爭謳一卷萬年傳。

賀　賴宗煙將軍伉儷書藝展

將軍氣勢冠群雄，南北精研兩派通。草隸眞行齊展現，銀鉤鐵畫見深功。

其二

純眞玉潔樸心堅，喜與雲根締夙緣。走遍深山覓奇璞，白紅翠綠具通禪。

讀　君潛公巨著有感

君潛飽學著論豐　含蓋百家文理通
詩話紀遊鳴海內　唱酬閒詠譽瀛東
柳園聯語四千副　絕句詩篇三百通
揮灑乾坤憑彩筆　解經訓詁振騷風

註　讀吾師聯語巨著，深感內容豐富。尤以總敘乙章，將由詩話至得獎作品集十篇撰述寫作經過，使生至為感動心儀。故不以愚劣，草就此篇；工拙非所計也。

讀 賓碧秋大師《名聯剪輯》有感

勁公飽學藝文專，報紙書刊審閱全。鴻爪高吟鳴盛世，名聯繼輯廣流傳。

註 《吟作鴻爪》為勁公巨著。

觀 謝建東上將雙足寫意畫有感

將軍藝術彰，巨作四海揚。彩墨開生面，譽蜚中正堂。

辱承吟壇諸大老先進獎飾拙著《星空夜語》賦六韻誌謝

餖飣文章漫自憐，不知形穢貢尊前。
敖言低俗慚余拙，覆瓿偏宜哂眾賢。
騷苑追陪情誼重，鴻詞寵錫璧珠聯。
三生有幸苔岑契，沒齒難忘翰墨緣。
報國無功原散櫟，微軀粗健謝皇天。

拋磚引玉成家寶，蓬蓽增輝奕世傳。

歡迎雲南麗江市玉泉詩社詩友蒞訪

玉泉詩社萃高賢　揚孔昌騷四海傳
倚馬探驪皆雅士　擘箋搦管即佳篇
藝文推廣迎先進　國粹交流結善緣
貴客臨門增吉慶　聯鑣接席喜心田

量大容天地，意愿托古今。

壬午夏　山左耿德生

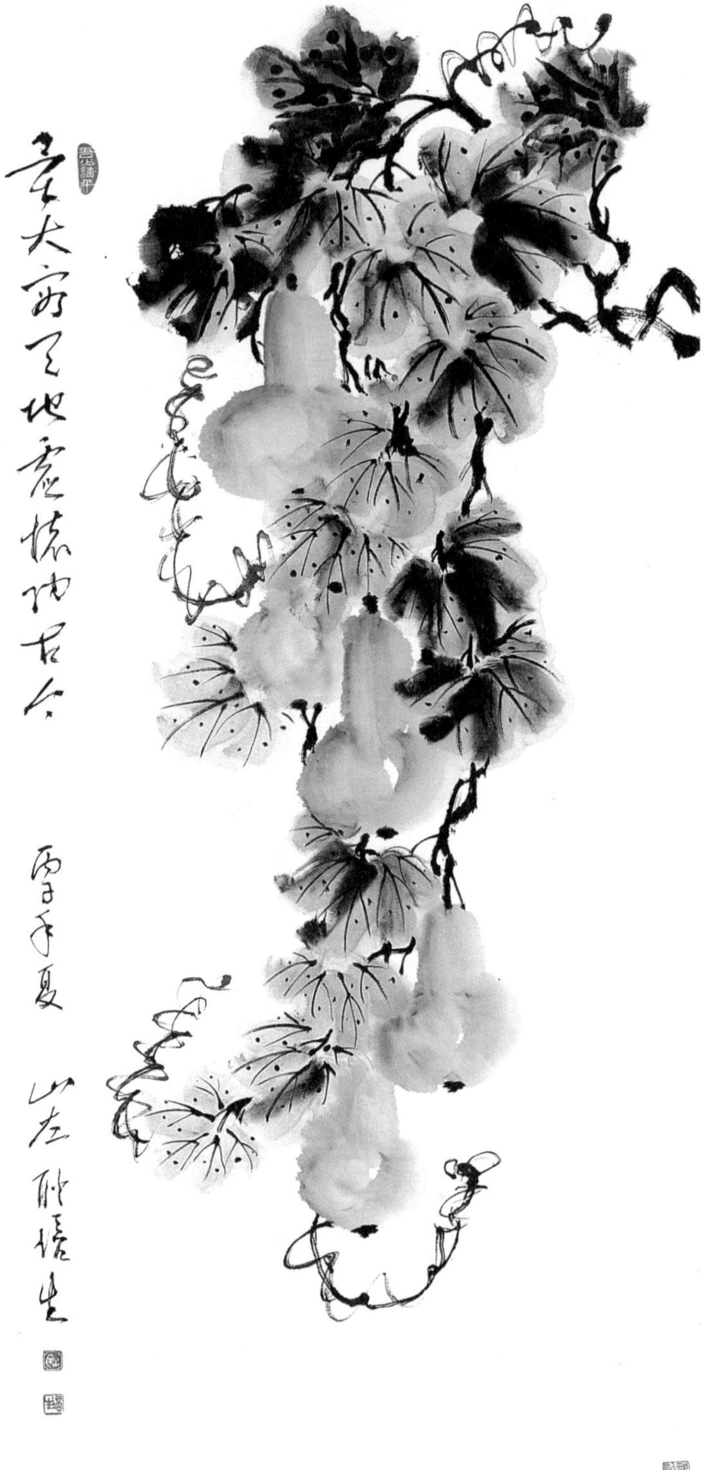

▲量大容天地

▲吉祥如意

徜徉山水　十五首

登泰山

岱宗矗立太行東　五嶽之尊氣勢雄
封禪先皇七十二　擎天獨禦雪霜風
危岩峻峭凌雲起　飛瀑流泉似雨濛
渤海紅輪跳浪出　歌功奉祀萬民崇

詠萬里長城

萬里長城史跡彰，秦嬴禦寇築垣牆。成千苦役埋枯骨，不盡遺孀哭斷腸。
塞外鐵蹄難闖越，闔中將士易移防。觀光美景全球讚，華夏神龍宇宙揚。

遙祭黃陵

軒轅皇帝子孫傳，祠禴嘗烝祀萬年。抱素懷終思遠祖，橋陵望嶽柳亭前。

高山賞雪

晨興撥霧上峰巔　遠望雲天冰滿川
粉萼粧成銀世界　瓊花布作玉坤乾
空山樵徑人蹤滅　露冷霜寒鹿影穿
獨有高僧誦梵唄　祥光普照佛音傳

登玉山

寒風徹骨颭銀川，烈日晴空眾鷲旋。峭壁懸崖瀉飛瀑，奇松怪石戛蒼天。
玉山峻極虛無裡，白雪長封遠近傳。指顧雲間茅屋現，攀登絕頂嘯坤乾。

登玉龍雪山

霜風凜冽拂冰川，玉雪山高欲插天。搭纜車登霄漢頂，同鷗鷺吼壑丘壖。
輒聞綠野猿人現，時有蒼崖腳印傳。滿眼雲霞風撲面，巔峰攝影興悠然。

武侯廟

武侯廟址沔陽東，巨柏蒼蒼蔽碧穹。三顧茅廬肩負重，出師未捷恨難窮。

太魯閣紀遊

開山鑿壁貫西東，解甲榮民路築通。險徑懸崖猿狖嘯，驚心怵目渡鴻濛。

遊日月潭

清風拂面白雲悠，日月雙輪碧水浮。潭外疏鐘聞斷續，空中薄霧喜初收。
光華島上琴心引，德化社中杵舞優。信宿猶思遊未盡，相期命駕俟來秋。

踏青歸去滿囊詩

清明時節喜晨晴　帽影鞭絲掃墓荊
扶老攜童齊出戶　青山綠水踏歌行
緩尋芳草情何限　細剪春光快此生
貯滿奚囊歸去晚　門前倚杖聽溪聲

烏來觀瀑

高巖秀谷起瀟風　鳥瞰烏來飛白虹
日照紅霞生翠嶺　奔流直下水聲隆

登高

君子登高常作賦，樓船將帥懷楊僕。青山荒塚草離離，巨賈生前金屋築。

旅遊

名區世界遍三千，古聖先賢信史傳。走馬看花馳宇內，天涯海角在身邊。
佳餚美酒邀人醉，妙舞旋歌樂事全。暢足遨遊寬視野，識多見廣智能圓。

旅歎

飛機氣艇邇遐通，駕霧騰雲快御風。耳目縱教填欲壑，春暉未答感何窮！

溪畔獨坐

秋風吹送雁南歸，獨坐橋墩傍水沂。
近海如圖滄浪湧，遠山含笑白雲飛。
科頭簀踞襟懷爽，報國才疏心願違。
遊宦他鄉成底事，椿萱萬里答恩微。

▲江帆遠揚

▲雙龍飛瀑

閒詠　一百六十首

吳夢雄先生逝世二周年紀念

鍾王李杜並稱雄，踵事增華獨仰公。昔日英姿猶在目，劇憐墓草已蘢蔥。

其二

社中翹楚數夢公，吟詠傳承正雅風。西去梵天悲兩載，知交不捨感情隆。

懷故友　廖醒群

昔年相識花蓮縣，彼此同僚十度秋。儒立鄙寛深受益，解危扶困不曾休。
吟詩作賦誰能匹？博古通今孰與儔？一自道山歸隱後，永懷德澤印心頭。

古刹晨鐘

峨嵋山頂日輪紅，洛水銀川曙色曨。禪院曉鐘敲斷續，佛壇梵唄警迷夢。
飄瀟逸韻催殘月，繚繞餘音度遠風。界喚三千憑百八，黎民寤醒震瀛東。

龍山寺曉鐘

曉鐘響徹寺龍山，繚繞天南百二關。界喚三千頻諦聽，心猿頓靜不思攀。

其二

龍山寺內曉鐘鳴，意馬心猿盡掃清。禪院僧徒修早課，祠壇信眾祭神明。

霜鐘

暑盡秋來霜滿天，江邊古刹曉鐘傳。潛修佛道翻經卷，百八頻敲種福田。

凌雲寺參禪

靈山一杵醒三千，古刹悠悠梵韻傳。信士焚香緣締佛，老僧說法舌翻蓮。
修眞悟道曇花現，心曠神怡貝葉宣。五蘊俱消參妙諦，凌雲寺聳大羅天。

老僧

空門說偈悟眞知，鐘磬悠揚法力施。人物浮沉蓮座在，滄桑變幻貝經遺。
四時接濟來檀越，百歲猶堪作住持。龕外飄蕭雨花落，傳燈解惑授經詩。

謁延平郡王祠

神鯨大海拓宏圖，明祚江山勢可扶。驅逐紅毛朝北闕，收回赤崁建東都。
生承寵賚天頒姓，敵愾同仇世擁朱。太息全難忠與孝，英風凜冽服焚儒。

書懷

揮毫書聖寫黃庭，三寶雄遒精氣神。
踵事伯陽名不朽，《參同契》著萬年珍。

註　書聖王羲之寫老子《黃庭經》，世推精氣神三寶。東漢魏伯陽參同《周易》、《黃帝內經》而歸於一，名之曰《參同契》。

深山何處鐘

青山翠谷布鳩鳴，遠處音傳四野清。
斷續鐘敲雲霧窟，回頭是岸醒蒼生。

佛燈

琉璃一盞禪庵裡，不滅長明寶殿間。
蓮座高昇旛影畔，佛光煜煜照塵寰。

詩僧

廬山虎澗寺東林，慧遠法師勤詠吟。清淨伽藍敲秀句，莊嚴佛偈作規箴。
出塵脫俗人爭仰，扢雅揚風世共欽。遯隱空門一高士，無邊德澤海同深。

端午即事

端陽紀節已千年，競渡龍舟各比先。戶掛艾蒲驅魍魎，江投角黍弔英賢。
家家祭祖遺風在，處處題襟韻事傳。我獨閒探王逸注，緬懷屈子感緜緜。

蒲觴

蒲觴酒滿午時斟，愴憶三閭感嘆深。太息忠臣餵魚腹，一樽憑弔費沉吟。

其二

端陽觴詠聚華堂，遷客騷人弔楚湘。乍插菖蒲驅魍魎，家家祭祖粽飄香。

端午節書懷

每逢端午弔靈均，讀史傷時感喟頻。國爲騷人添令節，地留蓬島表忠臣。
遭讒放逐天難問，哀郢懷沙陸欲淪。蒲酒且傾詩思湧，愀然把盞酹江濱。

從軍行

百戰沙場氣勢強，揮軍突襲數蠻疆。旌旗五色風雲動，破陣犁庭喜欲狂。

其二

鐘樓鼓角動星空，鐵馬金戈氣勢雄。百戰沙場天色暗，雄師強壯展英風。

岳飛

金兵大敗士心振，宋室談和殺藎臣。岳母教忠昭日月，奸謀賊檜萬民嗔。

老將

揮軍破陣建奇功，汗馬金戈展勁風。解甲榮歸勳榮就，兒孫貴顯仰封翁。

其二

奇謀善戰六韜精，衛國興師滅敵營。老去罷歸甘小隱，兵書著述振家聲。

赤壁懷古

坡仙揚舫大江游，飲酒吟詩古跡謳。煙罩丹厓韜略現，火燒赤幟鬼神愁。
孔明獻策艨艟滅，公瑾揮軍帷幄籌。昔日豪雄今已矣，青山永在水長流。

青年節懷古

清帝喪權兼辱國，青年志士義塡胸。高呼革命風雲起，協力驅除滿族凶。首
役武昌齊效法，兆民辛亥盡相從。黃花碧血流全地，響亮自由民主鐘。

黃鶴樓懷古

雲濤霧樹大江東，鶴去樓空氣象雄。遷客騷人來接踵，詩聯寫出世推崇。

其二

費仙昔日憩斯樓，物換星移雲鶴悠。裙屐觀摩名勝顯，崔郎題詠世無儔。

華嚴寺曉鐘

華嚴寺內曉鐘鳴　斷續噌吰薄太清
界喚三千星乍落　聲傳百八月初傾
蒲牢震地猿心靜　梵唄喧天蝶夢驚
鹿谷五更敲一杵　廣開覺路迓黎明

散花

維摩菩薩法宏揚　天女散花蕭寺香
悟徹禪機空色相　皈依蓮座願終償

中元話鬼

中元普渡獄門放　餓鬼人間到處攘
各地道場開法會　千家施主懺空王
山林路野孤魂現　水岸河邊怨魄猖
救母目蓮酬夙願　陰風淒厲紙錢揚

詩人大會

永和九載艷陽天，馀禊會稽翠竹邊。曲水流觴來少長，吟詩作賦萃群賢。
蘭亭雅集騷風振，鯤島揚芬缽韻傳。四季三臺開大會，恢宏聲教百餘年。

尋詩

靈山勝境覓思惟，月下花前拾麗辭。翠鳥林邊鳴清曉，輕聲喜鵲上高枝。

詩味

清晨詩詠興醇濃，香辣酸甜咀嚼同。擊節高歌蜀都賦，口中滋味古人通。

其二

蘭亭曲水酒詩香，老少聯吟逸興長。探得驪珠驚藝苑，承先啓後雅騷揚。

詩將

離騷義廣聖賢宣，雅頌淵深竹簡鐫。稱聖古今推子美，尊仙中外屬青蓮。

塵揮咳吐皆珠玉，筆落雄渾壯地天。陶謝韓蘇才不忝，麗詞直薄國風篇。

李白

詩詞俊逸絕纖塵，賀監尊稱仙謫人。出入翰林沐優渥，行歌泗水謽蜚頻。
金龜換酒邀鷗鷺，銀繭揮毫泣鬼神。獨步騷壇正風雅，悉睢百代世無倫。

杜甫

少小清貧居杜陵，才名遠播雅騷弘。肅宗徵辟拾遺職，嚴武尊崇工部膺。
近體無倫時世仰，古風寫實史詩稱。生民萬狀全收入，李白千秋並踔騰。

上巳雅集

蘭亭雅集擅風流，曲水浮杯禊事修。一序千秋有神助，右軍書聖眾歌謳。

月下吟

花間獨酌思悠悠　月下星光耀九州

只管富豪歡樂醉　誰憐孤苦露街頭

其二

樓亭沽酒賞冰輪　白兔搗霜秋復春
人與嫦娥同一樣　煢煢孑立走風塵

才女

唐朝巾幗仰玄機，絕艷清才彩筆揮。遁入空門心底靜，文人墨客競攀依。

詩人節書懷

詩人令節值端陽　盤上稜稜角黍香
哀郢卒吟悲楚客　招魂無計酹蒲觴
三湘七澤龍舟渡　萬戶千門艾虎揚

我與賈生同悼念　忠貞不屈史留芳

花燭詞

情深意重兩相知，鵲報佳音客賀禧。跨鳳乘龍鑼鼓響，良宵卻扇賦新詩。

其二

花前月下訴衷情，海誓山盟永不更。寫賦青廬雙宿舞，題詩紅葉伴琴鳴。

詠錢

錢權腐蝕古今同，歷代王侯敗國風。總統於今更貪墨，鋃鐺入獄數難窮。

其二

錢可通神萬事成，銖多使鬼亦能行。財權善用救黎苦，舉世欣欣國運亨。

讀書

如能讀遍各家書，可察先賢諫疏胥。倘把巽言來作鏡，民胞物與翕然紓。

臨帖

晉衛夫人筆陣圖，右軍雅善揭其臻。圓融結構眞行顯，灑落襟懷篆草舒。險畏清奇八分體，穿梭窈窕白飛書。孤行耿介鶴頭現，攀拔縱橫古隸儲。

其二

几靜窗門洗硯盂，魏碑蘭帖作描模。眞行隸篆鉤摩勁，柳趙歐顏貌略俱。

筆

凌雲伴月若星辰，紫管銀毫雅士珍。揮灑生花驚四座，鋒芒勁利掃千鈞。

洗筆

雙魚荷葉出哥窯，滌墨清塵如始貂。再啓揮毫神秀顯，輕靈活潑自高超。

書展

觀書學帖貴專精，筆墨成形技藝明。隸篆眞行爭俊秀，風神氣韻冠鯤瀛。

書展紀盛

龍飛鳳舞墨芬香，藝苑梅門四壁彰。筆墨成形手精巧，珠璣璀璨眼渾芒。
二王啓迪眞行法，三代傳承篆隸草。鬥豔爭奇風彩現，聯翩裙屐萃迴廊。

畫展

南王北李作之師，四面琳琅盡是詩。富貴黃筌徐野逸，千秋繼述擅名馳。

其二

曹衣出水雨淋沖，吳帶當風露粉紅。一幅天仙飛去像，神姿各異受欽崇。

題山水畫

巉巖絕頂鳥飛揚，百尺流泉注曲塘。筆墨揮塗煙雨出，松陰遠處竹圍莊。

其二

煙雲出沒有無間，近海漁舟入港灣。柳岸清波鳴乳燕，青山翠谷野樵攀。

讀唐寅匡廬圖

遠山近水意情殊，鉤勒匡廬傲世圖。一幅雄渾眞跡現，泉清谷秀古今無。

畫馬

驕嘶迴立尾搖風，慘淡經營點綴工。蹄蹴便知天廄駿，首驤渾似大宛駥。
尺縑騰踔神形異，萬里馳驅筆意融。韓幹名圖照夜白，龍媒猶在動寒空。

畫菊

描摹西苑黃金蕊，點綴東籬白玉花。冷葉疏枝高手繪，丹青一幅億陶家。

畫鶴

皐鳴喧九野，萬里雪毛寒。壁掛飛難去，晨昏相見歡。

其二

排空鳴唳韻清高，緇羽猶緣白雪毛。栩栩頂丹彩墨現，凌雲警露自雄豪。

蠹魚

圖箋典籍作廂房，蛀蝕如同狩獵場。歷史文章剩無幾，縹緗流竄不勝防。

其二

纍纍史冊庫中藏，群蛀侵居作食坊。蠢蠢晨昏餐滿腹，消除禍害速清倉。

鶴

羽翼仙姿映雪毛，長鳴灘上寄情高。千山萬水思寥廓，一舉扶搖出蔽蒿。

雞同鴨講

司晨喔喔叫雲空　泛泛遨遊亦自雄
五德嗤君匹夫勇　雙棲看我躍龍宮

其二

黎明日出報春曉　浪靜波平羽翮翹
喚叫人問尊五德　笑他池沼弄風潮

勸農

南園耙土種桑田，北苑扶疎李杏妍。日夕但聞雞鵲噪，柴門清淨意悠然。

其二

晨興犁耙理田荒，浪捲西風稻壟黃。晝夜勤耕勞作苦，惟期廩實穀盈倉。

田家

綠滿山川雨若煙，農村少水苦耕田。蠶桑採罷秋禾熟，合作收成慶有年。

老農

荷鋤四季日耕忙，歲月流過滿鬢霜。沐雨淒風勤播種，秋臨豐實穀盈倉。

觀稼

無邊綠野稻禾香，極目田疇穗浪黃。烈日村農勤守苦，秋臨穀熟搶收忙。

其二

南疇千頃稻秧豐，擊壤歌豳樂采風。眾鳥飛徬雲野外，群牛力作水田中。

觀穫

枷聲收割響蒖田，農父歡欣樂滿天。眼看廒倉堆玉屑，社前祭拜慶豐年。

樵夫

黎明挈擔採樵行，路險林深野鹿鳴。覓得枯枝心始定，遠拋名利志難更。
柴薪兩束肩膀重，日暮群峰霧靄橫。竊喜廚炊毋缺憾，妻兒笑臉出門迎。

樵歌

樵夫綠野踏歌行，伐木聲聯虎豹驚。峻嶽巨松高插頂，曲蹊灌木亂縱橫。
晴空日照鴻聲遠，夜暮星輝蛙鼓鳴。採得柴歸心始定，一肩負重躡雲平。

苦熱

炎天炙烈火熬煎，無復涼風似雪湔。三伏蟬琴鳴嘒嘒，五更蛙鼓擂闐闐。
夏陽比盾律嚴厲，冬日如衰事得便。古道熱腸行處有，似霖解旱義仁傳。

望雲

仰望雲天日色昏，倏時雨露潤田園。野老荷鋤忙去穢，期能收穫答神恩。

喜雨

霂霑六月潤枯田，久旱三農解倒懸。細雨霏霏阡陌濕，微風剪剪禾苗鮮。
歸禽棲樹噤無那，遊子思鄉夜不眠。耕罷飯餘欣鼓腹，秋收廩實慶豐年。

牛

背穩騎吹橫綠野，鼻柔繩軟繫丹槽。花蹄猛似吳鉤利，文角雄猶并剪刀。

老牛

耕雲帶露眠芳草，喘月和煙入甫田。曳土牽犁逾廿載，乘車策御勝當年。

魚苗

依蒲掉尾樂相於，唼藻成群傍荻蘆。
梁上人看秋水綠，萍開蓮映線條朱。
他時雷雨驚龍化，待會風雲作世模。
潑刺浮沉碧池內，悠遊如在洞庭湖。

詠蟹

秋肥卵富子孫榮，水底龍宮作甲兵。
兩臂螯鉗肆無憚，五湖四海任橫行。

其二

泥沙水底作豪居，淺草池邊任屈舒。
漁父捕來欣下酒，醺醺不覺入華胥。

春暖

遍地花開紅似火，晴空燕舞彩雲飛。
風光兩岸看難盡，敬祖心馳故里歸。

春耕

春雷始動雨霶滂，遍野農村播種忙。日出田耕犂繼夜，佇看黃浪稻禾香。

其二

犂牛日夜繼耕忙，老幼農田趕插秧。遍地青苗興壟浪，卜占大有穀盈倉。

春宴

騷人酬酢綠楊城，歲首遺風習楚荊。我幸追陪叨燕饗，醉酣柳岸聽春聲。

其二

花間宴慶興悠悠，談笑風生會匹儔。曲水流觴詠佳韻，干霄筆氣抗曹劉。

春山

一江春水自流東，滿樹桃花山映紅。樓榭時呈美人面，雲裳粉黛牡丹同。

春寒

冬殘臘盡未冰消，春到群鴉靜不囂。細雨紛紛梅蒂落，紅樓閣下瑞霙飄。

其二

東溪活活冷侵肌，枯木凌霜已發枝。雪霽霞飛魚潑刺，冰凝露沁鳥寒飢。
南園月下梅苞吐，北浦陽昇柳葉垂。入夜玉霙飄更急，皚皚妝點樹離披。

夏日

麥收時節暑氛昇，漫賞荷開屢蕩膺。雀噪蟬鳴難入夢，清溪泛月畫情興。

秋景

江楓酣醉似赬霞，姽嫿風光映日斜。雲淡風清群岫麗，霜寒露冷菊開花。

中秋賞月

中秋賞月青山外，露冷星稀桂影幽。十五重懷逐元寇，聲威丕振復邦仇。

秋蟬

餐風飲露五更鳴，嘶竭無人信潔清。衰柳荒槐聲斷續，斜陽古道不勝情！

秋水

滿園紅葉隨流去，竹舍松林犬吠籬。推啓柴扉迎摯友，南華經究到寅時。

註　「秋水」：莊子《南華經》篇名。

冬日

大雪紛飛冰滿川，寒風刺骨馬迍邅。鄉關難渡艱途次，日灼天晴暖負暄。

漁父

煙波一叟駕輕舟，日麗風高逐水流。釣得鼇頭群鷲起，旗亭沽酒樂悠悠。

其二

風高氣爽一漁舟，戴笠垂綸傍水流。柳岸差池看乳燕，神遊物外傲王侯。

垂釣

日日絲綸渭水懸，魚鱗漫衍自悠然。賢名遠播文王舉，滅紂除凶永世傳。

淡江垂釣

淡水江邊釣客多，藍天碧海靜風波。舟移楫舉鷗飛盡，笠滿歸來唱踏莎。

淡江觀釣

淡江柳岸把竿多，泮汗垂綸水起波。中有高人魚不羨，心存釣國自高歌。

淡江夕照

群山擁抱浪滔天，近海斜陽映滿舷。眾鳥知還歸去急，青牛背上笛聲傳。

其二

彩霞夕照淡江潮，鼓枻舟過關渡橋。山下岸邊群鶴唳，牧童牛背笛聲遙。

其三

斜暉脈脈水長流，日暮寒鴉息綠洲。破浪孤舟歸岸急，漁樵迭唱櫓聲柔。

淡江晚眺

淡水老街生意隆，江邊漁火耀星空。碼頭晚上風光好，市肆霓虹相映紅。

筆鋒

董狐史筆無人匹，班固文章萬世名。意氣揮毫貫牛斗，霜鋩落紙鬼神驚。

其二

春秋一字揭忠邪，褒貶森嚴耀漢家。搦管振威垂典範，史遷接武筆生花。

古松

大夫封後益尊嚴，古幹參天傍翠巖。
贏得宣尼一嗟歎，凌霜傲雪不平凡。

古樹陰中好納涼

婆娑樹下好乘涼　促膝談心話未央
淡水屯山看指顧　披襟解慍興悠揚

其二

炎焱仲夏似焚燒　樹下乘涼暑氣消
碧海藍天紅日落　青山綠野白雲飄

花約

春朝佳日眾芳妍　畫舫絃歌印月穿
挈榼登山聽布穀　擊笙奉祀禱蒼天

其二

花朝節日急探春　百奔芬芳彩色新
仕女郊遊爭艷麗　桃開蝶舞祝良辰

美人忍笑

江樓美女倚闌干，忍俊逢人邂逅間。日暖風輕揮素手，雲鬟霧髻姣紅顏。
遙瞻綽約如桃杏，乍遇驚奇似鳳鸞。萬里思君心念苦，含情無語淚痕斑。

其二

西施忍俊妙花容，紗浣溪邊顯慧聰。選獻夫差呈國色，沼吳盡在不言中。

半面美人

風吹雲髻半遮顏，寂寞嬌容顧盼間。憨態最憐羞倚檻，欲親芳澤欲緣慳。

其二

芙蓉如面自芬芳，柳眼櫻唇惜半藏。絕似宓妃當日貌，洛神怎不賦陳王。

佳人

燕宮美女顏如玉，紘拂秦箏彈古曲。翠冷衣襟兩鬢寒，風吹紫袂裙腰束。

其二

南國佳人絕世姿，北方美女艷超姿。相依綠竹隨風舞，妙態姱容媲鳳儀。

美人舞

羅裳紗袂逆風飄，倩影凌波妙麗嬌。翕習雲飛聲似鶴，經歌鳳舉客魂銷。

眉山

清芬淡畫月弓彎，粉黛嬌姿欲忘餐。玉貌工愁顰更好，素波橫掃入雲端。

王昭君

心悲一去紫臺宮，回首鄉關淚眼紅。塞外琵琶傳怨曲，漢中環珮夢魂空。
君王悔恨輕言諾，妃子遺徽絕世崇。朔漠羈身無限感，千秋青史誌和戎。

薛濤箋

浣花麗朵泛春芳，紙上紅紋旎旎香。十色雖能傳促席，那堪世態薄如霜。

其二

粉紅濡染紙如醇，彩色供吟雅頌珍。顯貴敦爲座上客，校書幕府世情眞。

聽琴

鐘盤樂響啓靈思，雅韻和琴美意滋。酒醉臨邛逢卓寡，相如借曲表心儀。

詠懷

秋風怒掃夜歸寒，得賸閒身書畫觀。竟日思親心不定，重溫膝下夢難團。

遣懷

憑欄遠眺望神州，息慮清心向晚秋。夢幻人生知若似？居諸日月去如瀏。
王侯將相聲華寂，雅士詩家名姓留。自古毀譽榮辱事，全隨歲月付東流。

感遇

中原一髮望神州，倬彼雲天苦別愁。秋水蒹葭澆酒醉，星霜歲月逝悠悠。
人生在世知何似？萍梗飄蓬跡不留。悟得萬般皆是幻，歡心吟詠樂無憂。

閒居漫興

閒居時節修心性，漫步林泉詩興生。古聖先賢題感遇，騷人觀賞有餘情。

野望

登高四顧海茫茫，峻嶺重山戛彼蒼。俯視百川心跌宕，仰觀六合志軒昂。

日斜風急防吹帽，燕語鶯歌勸舉殤。迢遞離披松竹舞，清幽美景似仙鄉。

溪居

溪頭舍外鶯夜啼，山野林泉猿狖嘶。閒讀史書懷聖哲，窺今鑑古去癡迷。

其二

溪邊築屋遠塵囂，明月清風逸興饒。寵辱全忘無掛念，天南地北任逍遙。

鄉夢

思鄉枕上夜更深，海外家人告近音。考妣睽違悲拭淚，梓鄉望斷痛傷心！
孤墳不見魂安在，荒壠難期魄降臨。廟宇祠堂全拆盡，慈容惟有夢中尋。

待月

星稀雲淨風光麗，皓彩微升花影移。賞景徘徊芳草徑，敲詩蹀躞曲池湄。
但看庭上霜將滿，不覺廳中漏轉遲。飛掛碧霄耀千里，卻憐繞數鵲無枝。

歸思

傷心遍地起狼煙，背井離鄉雪暗天。賊寇爲患呈暴亂，災黎失所倩誰憐？
收回薊北無多日，轉進瀛東又上船。溥海迷茫歸路斷，年年佇望凱歌旋。

風聲

青山竹動葉飄揚，翠谷枝搖樹吼狂。萬丈岩鳴驚虎嘯，千江浪湧起龍翔。
池塘皺綠芙蓉落，亭院飄紅芍藥荒。撼木當年親不待，餘生難廢蓼莪章。

培生吟草

消夏詞

盛夏山川炎似火，驕陽炙地氣猶爐。塵迷道路通行苦，汗濕衣衫倍困劬。
竹徑風來如水潑，松林露滴似冰敷。何當梅雨伏驅散，把酒吟詩會眾儒。

思鄉

烽煙遍地別家人，夜夜夢回暗失神。父母慈顏常出現，盼祈重拾舊時親。

水亭

潑剌洋洋金鯉游，亭臨宣澤御碑留。西山白鷺迎喜客，北苑紅花飛滿樓。
明月一竿無限樂，清風兩袖不虞憂。雄心萬丈隨流水，百首新詩敵五侯。

樓望

樓欄徙倚望神州，萬里無雲逸興悠。紫氣東來天下慶，河清海晏世長庥。

其二

高樓極目白雲天，親舍依稀在眼前。蓬島淹留爲異客，歸舟買棹待何年。

夜坐

更深獨坐望星辰，北斗闌干月色新。眷戀庭闈悲往事，可堪明日又逢春。

其二

星輝斷續起蛙鳴，月影光寒冷氣生。獨坐悽悽傷夜水，愁聆烏鵲繞枝聲。

聽濤

強風暴雨浪齊天，怒海狂濤貫耳穿。月落孤舟歸岸急，日昇眾鳥繞空旋。

無垠水滾鼇翻六，萬頃波翻馬躍千。願借錢王一神箭，潮頭射退好高眠。

其二

萬馬奔騰聒耳邊，登高觀海浪滔天。憑誰借得枚乘筆，七發吟成萬古傳。

註 《七發》，賦名，漢枚乘作，描寫觀海之樂，傳誦千古。

其三

頭城鼉吼卻心驚，淡海鼇翻震耳聲。帶雨春潮晚來急，可憐人似一舟橫。

翹首看龍騰

風狂海立濤飛濺，雷電交加水接天。騰起神龍祥瑞現，雲行雨施福音傳。

註 施，讀仄。

泛舟

輕舟逐浪大江遊，鐘鼓弦歌逸韻悠。日落孤霞饒畫意，風吹影動櫓聲柔。

其二

春江日落夜星稀，雲淡風輕露濕衣。橫槊賦詩魚潑刺，嫦娥遠逐客舟飛。

步月

慢步長亭外，風吹月影移。荷香徐拂面，玉露濕衣滋。

聽雨

晨聽鳥鳴澗，梅雨忽如繩。日暮瀟瀟歇，青溪皓月昇。

觀海

登高看東海，浩汗與天齊。獨羨宗公志，千秋競品題。

送別

故人遠海泛舟遊，江岸送君苦更愁。羨汝寸心塵不染，清眞返璞壽遐悠。

觀獵

金鈴羽振犬隨衝，鼙鼓紘鳴樹起風。日暮野中馳一馬，箭飛雲下落雙鴻。
笙歌載酒人歸隊，兔懾狼嚎鹿竄空。耀武揚威禽欲盡，可憐狩獵不忘弓。

品茶

南投鹿谷頂山茶，霧露深重茁嫩芽。四季長生香氣蘊，聲名大噪播陬遐。

其二

武夷佳茗大紅袍，氣味奇甘品質高。量少盡歸權貴手，常人欲飲首空搔。

從軍報國

倭奴犯境憤填膺，從戍揮戈誓斬鯨。虎帳旌翻天地暗，龍城陣破鬼神驚。
滿盈惡貫趨亡滅，彈雨槍林冒死生。頑敵投降齊凱唱，榮歸解甲慶昇平。

歲末回首

秋冬逝去歲功收　午夜夢回喜變憂　顧後瞻前無一是　雄心壯志愧難酬

其二

天災人禍日駢臻　地震颱風月又頻　屋倒家傾無庇處　忍飢挨餓苦難呻

其三

是非善惡費思量　正義公平早已亡　弱小孤貧無臂助　橫行霸道世稱強

其四

繁榮經濟眾期望　貨物交流爲首綱　若肯弊除以興利　國強民富保安康

同學會

同窗握別歷艱繁，重聚坐談相見歡。踏入士林尊孔孟，潛研國粹效蘇韓。
風雲變化人難卜，雷雨交加海激湍。席上深論含意廣，曲終留語寓心寬。

臺北粥會紀盛

烹糜初作始耕農，皇帝軒轅粥祖供。學士名人稻江饌，碩儒宿老碧潭雍。

座談文藝兼風月，雅集春秋與夏冬。冠蓋雲屯稱盛會，詩書吟詠振金鐘。

電影

揭開銀幕影音傳，電戲飛馳迅變遷。水色風光呈眼際，英雄豪傑在身前。
旋天動地時空轉，泣鬼驚神心膽懸。世紀奇譚難映盡，曲終人散夢魂牽。

選場戰況

全民大選戰場開，各黨爭相力舉才。道德操行無計較，詖辭詐騙一齊來。
藍綿國運譽聲振，綠背人心氣勢頹。富庶和平謀福祉，馬吳當選定興臺。

地震

山搖地動萬民驚，多處樓房迤邐傾。親友被埋瓦礫挖，牆垣搜出體屍橫。
狂風暴雨無遮蓋，枵腹肌腸斷續鳴。板蕩吾廬能保命，焚香頂禮慶重生。

餿水油禍國害民罪大惡極

頂新心黑世間無，臺島生靈盡毒荼。餿水廚餘充食用，謀財害命實堪誅。
全臺煉製多工廠，各地官員乏丈夫。受害全民齊喊打，罪魁萬死有何辜？

明日黃花

花開不折止於看，玉露凋傷翠葉殘。幻想終非眞實計，詰朝殞落自生歎。

電視

聲光電子日推新，數位寬頻影像眞。即刻開機繁景現，文明古跡似晬親。

不速客

廬居尚未下邀箋，有客頻頻請結緣。靄霧濛濛來不速，開門徑入坐談天。

其二

鄉紳社宴醉芳樽，野外跑來不速番。舉座驚瞿生面孔，狼吞虎嚥飫雞豚。

塵

飛天散地屑飄揚，日夜穿梭孔隙藏。霾霧重重侵翠袖，憂心悄悄染清裳。

幾家糧絕生廚甑，何處歌聲動屋梁？我喜彈冠終得薦，履新一騎宦途昌。

人情味

程嬰捨命救孤兒，杵臼喪身德義垂。骨肉分離人世痛，爲公殉道古今奇。

其二

茅廬三顧啓龍淵，帷幄運籌漢祚綿。蜀帝託孤情懇切，躬身盡瘁萬方傳。

典衣

春回氣暖典冬裝，夏至天涼換葛裳。武帝懷民停稅賦，桓公治國重農桑。
豪門日日穿新襖，貧戶朝市羞澀囊。權貴雖誇身衣錦，寒儒亦擁架書香。

寒衣

寒風刺骨雪封藤，衣薄裳單冷若冰。臘盡春回新景現，陽光普照萬機興。

其二

風狂樹吼雪初殘，朔漠飛沙徹夜寒。貧戶無柴難取暖，豪門鼓樂炙鴞歡。

說劍

豐城紫氣上蒼天，廣武時聞神物宣。掘地挖坑雙劍現，無何龍化入深淵。

其二

干將靈鋒挺出先，莫邪神物踵相連。雙龍飛躍空中舞，並棄人間入碧川。

看劍

青霜寶劍建功高，漢祖誅蛇志意豪。紫氣昇空雲際現，龍泉出匣宄奸號。

其二

干將鑄錬汁難鎔，斷髮莫邪烈火衝。鍛鐵終濡成二劍，雌雄霜鍔現雙鋒。

其三

豐城呈紫氣，得劍化雙龍。歐冶精心鑄，終成絕世鋒。

其四

眼前巨闕放光芒，紫電倚天長似鍠。斷玉斬金鋒刃利，英豪除惡警頑強。

太極拳

剛柔動靜寓玄眞，無極陰陽變幻頻。左右虛旋藏博擊，後前劈打掣心神。
連環進退施推手，圓滑游移勁出身。如若參通拳術秘，高超絕藝冠群倫。

酒旗

杏花村上酒帘招，麴味隨風向客飄。雅士英豪趨若騖，漁翁樵子醉朝朝。

其二

叢林路野一旗飄，屋內壚紅酒興撩。佛老心旌共搖曳，醉餘妙道湧如潮。

聞笛

細雨天涼夜景幽，遙聽小院笛聲悠。蒼茫古樂撩神泣，縹緲新腔動鬼愁。
折柳落梅千古意，穿雲裂石一江秋。倚樓三弄知誰是？切切隨風遍九州。

新雁

新秋霜雁入雲空，覓蓼衝寒下碧穹。萬里翺翔聲似鵠，千山飛渡影如蓬。
衡陽翕習棲南浦，秦嶺迴思畏北風。紫閣凌霄來歲事，玉關菰美夢魂中。

蝴蝶

羅浮靈洞蝶成仙，得道追隨葛化遷。栩栩迴翔衣彩異，神奇變幻世人傳。

註　羅浮山相傳為葛洪修道昇仙之所，其所遺道衣化為彩蝶，因絢麗異常，被視為蝶仙。

雞鳴

膠膠斷續樹雞鳴，底處傳來舞劍聲。月落音從茅店起，日昇啼出竹籬棚。
古今艷說馮驩計，史乘爭謳祖逖情。絳幘深宮留韻事，花冠金距氣縱橫。

玉

卞和得璞楚山中，日照瑛光氣似虹。理剖雕成城不換，秦王計取具無功。

珊瑚

瓊枝火樹海灣繁，妙舞婆娑蔚大觀。七尺玲瓏呈瑞氣，暖流礁嶼石芝蟠。

註　石芝：珊瑚類，產暖海岸邊。

弈棋

漢河楚界弈盤爭，傍顧無言博藝精。一炮奮先攻要塞，兩車在後伏奇兵。

馬師猛烈摧孤壘，魚陣縱橫下七城。眼看形如甕中鱉，匈奴鶴唳夢魂驚。

舞蹈

婆娑顧步並聽歌，宛轉伸腰妙態多。霧髻雲鬟驚落雁，柳眉杏臉訝潛鮀。
前三後四飄衫袖，把臂偎肩協鼓鑼。出類仙姿初顯耀，疑看織女泛銀河。

詠蘭

紫莖綠葉露沾裳，素淡披窗月色涼。若乏仲尼傳雅操，誰知幽谷夜飄香。

桂花

枝頭花放桂花香，月窟移栽近野塘。太液池邊凌積雪，平原莊內傲飛霜。
親看素女遊唐主，斧伐吳剛說酉陽。金粟隨風散天下，廣寒宮裡是仙鄉。

荷花

青莖翠蓋露凝香，縞袂霞裾織錦裳。葉庇鴛鴦波鴨綠，枝垂楊柳岸鵝黃。
洛妃出浴驚仙艷，西子臨溪訝靚妝。映日芙蕖呈國色，迎風玉立冠群芳。

賀新居落成

東來紫氣繞梅軒，五色祥雲降翠園。日月光華籠甲第，山川毓秀接門轅。
高堂新建仁風在，重院初成德澤存。一奠宏基千載業，顯揚祚胤壯乾坤。

其二

陽明隱嶧地龍潛，華宅新成燕賀瞻。冠蓋如雲詩獻頌，翬飛鳥革奐輪兼。

莫說天涯遠

牛郎織女想思頻　海角天涯若比鄰

七夕鵲橋幸簪盍　羨他多少有情人

其二

桃園結義劉關張　地北天南聚一方
視死如歸攻敵陣　齊心興漢史書揚

廢宅

殘垣斷壁草荊繁，瓦破窗飛水漏喧。白日晴空鴉雀噪，黃昏夜暮鼠貓翻。
豪門貴族誇財劫，親友貧民積怨恩。世紀風雲難預曉，窮通命運與誰論？

窗前

晴空煦日碧藍天　樹影婆娑漾牖前
十里花開景色美　千山鳥舞谷生煙

憑欄遠眺心懷遠　隱几遐思夢境牽
日月穿梭春復始　龍翔鳳翥太平年

春雷

東皇御駕海風揚　汗漫爲霖稻稷香
一雨昭蘇天下物　驅除旱魃慰霓望

其二

霧大雷喧春雨沛　江風吹起白雲飛
行人路野急逃避　佇待天晴日耀輝

聞簫

龍吟鳳嘯醒殘夢　尺八頻吹感靡窮

城上餘音吹敵散　陌頭古曲落飛鴻

其二

秦樓月下洞簫揚　漢苑宵深管韻長
弄玉横吹楊柳曲　飛瓊鳳管繞雕梁

梅花

月下現疏影，暗香飄滿房。孤山妻子樂，高蹈自芬芳。

馬

氣骨凡駒異，龍媒信騁馳，將軍騎得勝，功炳立丹墀。

鯉

四海任游息，五湖是我家。龍門身一過，聲價自光華。

星語

繁星晏夜語雲空　玉兔升天起自東
奔月嫦娥緣竊藥　吳剛伐桂在蒼穹

夜樓聽雨

樓臺入夜雨淋花　畎畝笙歌兩部蛙
我願霎時雲霧散　待看月影上窗紗

其二

芭蕉庭院水淋沖　翡翠樓臺霧鎖濛

雖未賣花深巷過，枕欹差與放翁同

訪舊

造訪舊時伴，寒暄話眼前。關懷塵世事，漫步碧溪邊。

▲溪山釣叟

▲雲山遠航

長短句　二十一首

菩薩蠻——月夜

青山秀水陶人醉。樓臺雨潤花潸淚。橋下泛舟過。竹蘆燈火多。

雨洗池中月。野狐急歸穴。窗外夜風狂。鵑啼欲斷腸。

卜算子——晨興

日出旭光昭，宿霧於焉散。只見晴空白鷺飛，閭巷差池燕。

海水碧粼粼，舟艤綠楊岸。漁父開顏滿載歸，沽酒恣歡宴。

卜算子——賞楓

萬大深山中，遍地楓爭豔。觀賞人潮不絕途，一覽衷心讚。

不怕路途遙，不避危和難。只要看過樹葉紅，必定人心煥。

憶王孫——花蓮紀遊

蒼松翠柏聳雲峰。飛瀑流泉落眼中。不有榮民開鑿功。石巖封。那得東西路貫通。

憶王孫——觀海

海潮洶湧浪滔天。日暮晴空眾鳥旋。返棹漁舟似葉連。滿艙鱻。父老騰歡佇岸邊。

憶江南

江南望，顧盼在風潮。萬里長空銀浪起，千山翠谷白雲飄。入夜雨瀟瀟。

其二

江南好，月上柳梢頭。夜冷霜寒湖水闊，晴空萬里耀神州。稚子樂悠悠。

如夢令——觀魚

柳下浮萍深處。鱗鯉水中容與。一陣海風揚，霈雨湃池魚怖。游去。游去。莫被貓兒抓住。

註　第二句「容與」，閑舒貌。白居易詩：「軒騎逶遲櫂容與。」曾國藩注：「容與，閑暇自得之貌。《史記》：『楚王乃裴回翱翔容與。』」

如夢令——看山

遠眺雲山聳峻。一柱擎天雄勁。柏柢附巖磐，把酒憑添詩興。觀望。觀望。日暮忘歸嘯詠。

如夢令——西湖

流水小橋畫舫。十景雙堤清曠。潭映月空明，蒼狗白雲天上。神暢。神暢。儉腹不能名狀。

浣溪沙——稻麥香

一夜風吹大麥黃。陽光送暖稻花香。青山綠野彩雲翔。　日月居諸人易老，天涯留滯恨偏長。幾時相見話淒涼。

長相思——梅妻鶴子

大孤山。小孤山。和靖棲遲梅鶴間。機忘心自閒。　雨潺潺。水潺潺。第四橋邊船影闌。湖光映翠嵐。

長相思——湖山

日輝光。月輝光。晨晚無分引興長。湖山相鬱蒼。　南冰洋。北冰洋。江海湖山風浪狂。雲天秋水滂。

擣練子——思鄉

簷溜滴，夢魂驚。多少相思枕畔生。院靜夜長人不寐，小樓獨酌到天明。

擣練子——探親

離別後，不能忘。骨肉睽違欲斷腸。燕子歸巢欣翕習，鶯兒出谷嘆棲遑。

擣練子——思親

風不止，樹枝搖。枕畔頻聞鳥雀嘈。月落楓青魂夢斷，不堪考妣喚兒曹。

註一　《韓詩外傳》：「皋魚曰：『樹欲靜而風不止，子欲養而親不在。』」起二句本此。

註二　杜甫《夢李白》詩：「魂來楓林青，魂返關塞黑；落月滿屋梁，猶疑照顏色。」第四句本此。

長相思——回憶

日也愁。夜也愁。年少青春變白頭。時光不再留。　思南投。想南投。日月穿梭似水流。不忘松雪樓。

註　松雪樓為南投合歡山觀光景點。

生查子——晚眺

千山霧氣生，萬水浪濤湧。澒洞白雲馳，北顧鄉情重。　星河平野垂，襟冷寒風悚。不覺曙光侵，旭日出東隴。

相見歡——望雲

春光滿苑花紅。太匆匆。只有仙桃、枝上吐香風。　望雲隴。松濤湧。拄吟筇。好似蜺虹、絢爛掛長空。

相見歡——聆鐘

滿園楓醉秋風。葉重重。只有、曉聽雞叫暮聆鐘。　發深省。飄紅影。窈蒼穹。但見、瓊樓玉宇盡虛空。

相見歡——重逢

春晴曉日昇東。上梅峰。但見、虬枝鬱茂戛蒼穹。　心眷眷。思念念。喜無窮。最是、花前月下又相逢。

相見歡——雲龍見首

西風吹落丹楓。遍山紅。遠望、天青水綠嫿江東。　天馬下。汗流赭。蹴雲中。日麗、龍顱鳳頸顥蒼穹。

註　「龍顱鳳頸」：天馬形狀。蘇軾《書韓幹牧馬圖》詩：「龍顱鳳頸獰且妍。」

▲龜齡鶴壽

春風送暖
迎歸
燕飛
培生

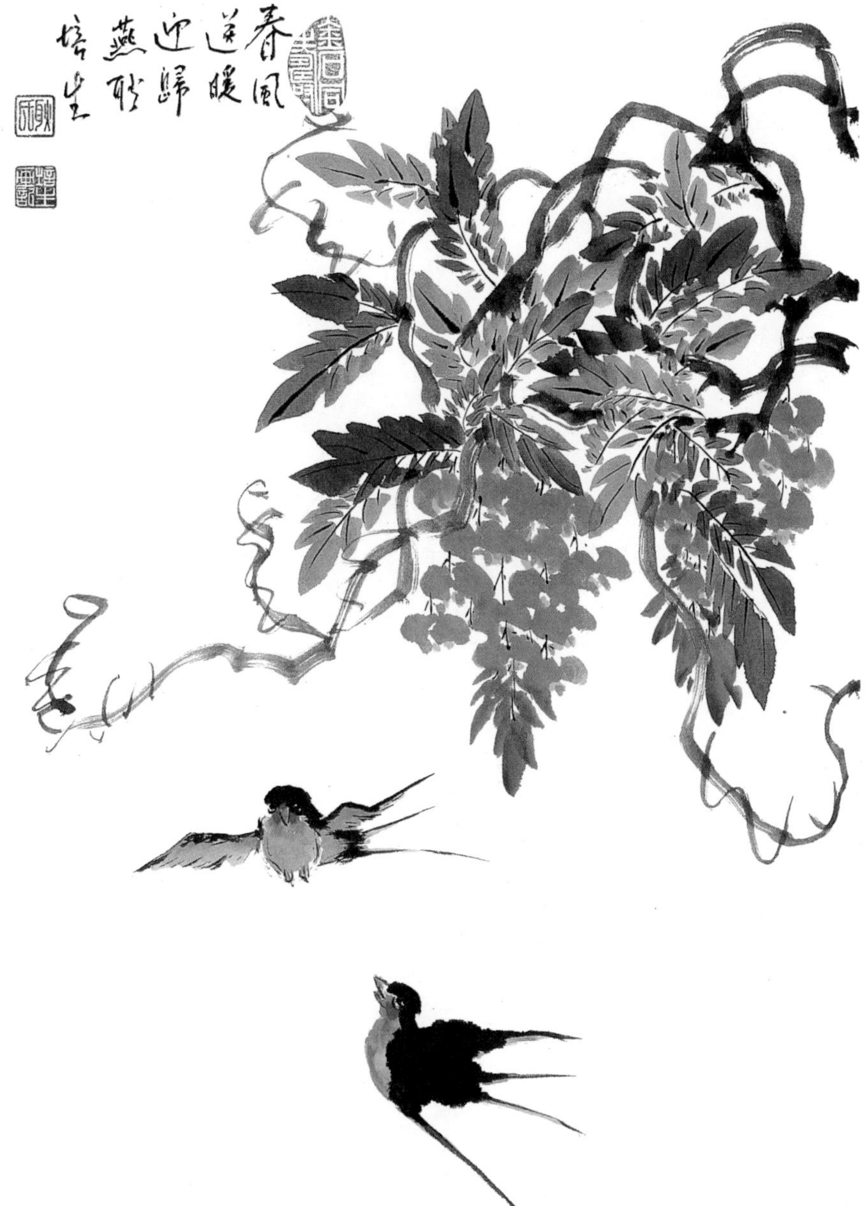

▲ 燕春歸

聯語　二十首

春聯

玉樹金花，山明水秀；鶯吟燕舞，鳳律鸞歌。

春聯

綠水青山，藍天碧海；祥光燦爛，瑞氣氤氳。

春聯

拾級望西樓，鶯歌燕舞；憑欄眺上苑，柳暗花明。

春聯

雨順風調，九域三農齊慶；山光水色，蒼松翠竹共榮。

春聯

夏雨柳絲長，眉愁粉黛；春風梅蕊綻，腸斷羈人。

春聯

半夜書聲朗朗，一簾花影離離。

春聯

一路笙歌似海，滿城燈火如星。

春聯

松杉骨硬枝遒勁，芍藥根靈蕊異香。

春聯

東南海峽浪濤湧，西北山陰鷗鷺飛。

春聯

柳色橫眉，翠竹亭臺明似畫；湖光照面，佳人雲鬢美如詩。

輓聯

珠玉光沉，美人憐逝水；枇杷巷冷，翠黛渺橫波。

輓聯

離合悲歡，死生眞夢寐；人間天上，一別竟千秋。

農家聯

莫笑老農民，精神矍鑠猶耕地；最憐舊風俗，社肉豐盈可祭天。

書房聯

一帖重蘭亭，銀鉤鐵畫剛柔備；二王揚藝苑，雁尾蠶頭氣骨全。

書房聯

國不能忘，重振中華新氣象；民當有恥，恢宏大漢舊聲威。

題關帝廟

盡忠報國心扶漢，掛印封金節服曹。

題關帝廟

斬六將過曹關，九州隆俎豆；尋皇兄保義嫂，萬古著綱常。

贈　王慶海先生（中華民國天馬書畫會會長）

慶雲萬里馳天馬，海月千秋伴地仙。

題黃鶴樓

樓高百尺，金風拂起碧濤湧；地控三江，玉笛吹來黃鶴飛。

題黃鶴樓

地扼三川，凌雲樓閣今猶在；霞飛萬里，駕鶴仙人不復來。

▲聲威遠揚

▲重山流泉

鐘　七十二首

大漢（一唱）

大雅謳歌三代盛　漢家聲赫萬邦尊

書藝（二唱）

四書熟讀眞君子　六藝全能是聖雄

詩畫（三唱）

李白詩篇泣神鬼　王維畫冊壯山河

中興（一唱）

中流砥柱撐梁棟，興孔崇儒固國基。

中西合璧譽論頌，興廢相權晝夜思。

中華（一唱）

華夏文明蓋天下，中流砥柱頌人間。
中原馳去馬蹄疾，華表歸來鶴語寒。

註　「華表歸來鶴語寒」：漢曲阿太霄觀道士丁令威故事。《搜神後記》：「丁令威學道於靈虛山，後化鶴歸遼，徘徊空中而言曰：『有鳥有鳥丁令威，去家千年今始歸。城郭如故人民非，何不學仙塚纍纍。』遂高上沖天。」

中國（七唱）

德參天地能華國，學貫中西貯腹中。
華胥夢擾玄虛國，月窟神遊幻想中。

荷竹（一唱）

荷香迢遞清風送，竹美留連雅客觀。
荷香夏日招蜂蝶，竹勁冬天傲雪霜。

鄉國（七唱）

玄宗當國思傾國，賈島他鄉憶故鄉。
田單破敵思興國，海瑞投簪返故鄉。

老瘦（一唱）

瘦羊博士無爭訟，老馬知途信步歸。
瘦金號體徽宗定，老子稱君瞿帝封。

醉吟（二唱）

酒醉方知身似夢，偈吟始覺岸如燈。

梅柳（七唱）

春風飄絮青浮柳，冬雪開花白門梅。

荷月（一唱）

荷邊亭榭香飄逸，月下樓臺燭映紅。

風月（一唱）

風吹草動山騰虎，月落烏啼霜滿天。（借句）

風強雨大春雷響，月朗星稀夜露滋。

海天（二唱）

藍天綠野群鴻起，碧海青天一鷺飛。

春人（三唱）

燕歸人日烏衣冷，花落春宵白屋寒。

春風（一唱）

春雷驚起龍蛇蟄，風日清和稼穡興。
春寒露冷冰猶結，風靜陽昇雪未殘。

臺北（一唱）

雲臺月夜寒風烈，塞北秋晴朔氣嚴。
砲台高壘防倭寇，華北長城阻吐蕃。

春日（五唱）

律回歲暖春方麗，鳥語花香日又新。
青山綠水春光好，碧海藍天日色妍。

梅柳（七唱）

清風拂面鶯梭柳，冷雪侵膚月照梅。
春風煦煦吹楊柳，冬雨紛紛落臘梅。

雲海（三唱）

細雨雲飛霜雪落，狂風海嘯浪濤翻。
馬似雲龍山下騁，人如海燕歲初還。

顯悲（三唱）

忘懷顯赫心常泰，融化悲愴志更遒。
哲人顯達心腸愍，孝子悲悽淚涕流。

女花（二唱）

名花傾國清平調，仕女空閨思遠人。
金花帖子登科第，玉女香車出閣門。

註　《清平調》對《思遠人》乃詞牌名對詞牌名。

忠孝（七唱）

精忠報國爲全孝，取義成仁在效忠。

心香（一唱）

香風習習飄千里，心事重重繫二人。

註　二人：父母。《詩・小雅・小宛》：「我心憂傷，念昔先人。明發不寐，有懷二人。」

梅雪（二唱）

青梅竹馬舊時伴，大雪江山盡粉粧。

薪膽（三唱）

越王薪臥謀湔恥，劉備膽寒託震雷。

筆花（四唱）

千秋狐筆留青史，孤嶺梅花播異香。

註　「狐筆」：文天祥《正氣歌》：「在晉董狐筆。」

重九（五唱）

夏書啓示重陽日，禹帝宏開九貢圖。

年景（六唱）

千家焰火新年慶，萬里笙歌美景留。

時地（七唱）

辰迎卯送春回地，苦盡甘來穀熟時。

劍年（一唱）

年耆叔子薦元凱，劍舞公孫啓伯英。
年號溯源由武帝，劍門見說泣明皇。

註　叔子：羊祜字；元凱，杜預字；公孫，指公孫大娘；伯英，張芝字。

蒲劍（四唱）

烈日下蒲柳飛絮，微風中劍井游龍。

註　「劍井」：在臺中市大甲區鐵砧山上，明永曆十六年（一六六二）五月四日，鄭成功率艨水大旱不涸，年年清明前，有群鷹自鳳山來，聚哭不已，疲憊不止，或云兵魂固結而成；山麓田螺，斷尾能活，謂當時螺殼棄置者，均著奇異。今井旁有于院長書「劍井」碑字。

春日（五唱）

青山綠野春光好，鳥語花香日色遲。

遠新（六唱）

泛海凌波觀遠艇，穿山越嶺過新橋。

歲春（七唱）

王爺古謂三千歲，老子今過九十春。
圍爐闔第除餘歲，爆竹喧天迓早春。

紅黑（三唱）

鯤溝黑水舟行少，荷沼紅雲客賞多。
雕題黑齒饒鯤島，芍藥紅葩勝杏花。

字花（四唱）

呂安撰字嵇康宅，杜甫傷花曲水濱。

妙法（一唱）

法身理智人爭仰，妙手文章天予成。

波舍（二唱）

簾波拂面琴聲斷，竹舍談心燭影搖。

詩社（四唱）

月泉名社斯文振，杜甫吟詩歷代傳。
呼群結社揚風雅，敘事為詩類史書。

註　宋代吳清字清翁，號潛齋，於宋亡後，創「月泉吟社」，延斯文於一脈。

文士（一唱）

文章黼黻能興國，士品嶔崎足潤身。

詩史（六唱）

興來梅下吟詩句，好向齋中讀史書。

鶴梅（七唱）

許渾俸薄憐如鶴，李白詩清酷似梅。

人日（一唱）

人能謙遜心常泰，日讀詩書品自高。

大觀（一唱）

觀音普濟甘投世，大禹治洪不入家。
大德上人恆不朽，觀風中國必昌隆。

尋念（五唱）

青蓮酒醉尋明月，白石詞工念碧山。
青山綠水尋詩去，白日黃昏念子歸。

註　白石，姜夔字；碧山，王沂孫字。

光復（六唱）

日月雙懸歌復旦，乾坤一轉慶光華。
霓虹迤邐燈光耀，駿騎飛馳霧復封。

春日（六唱）

林邊鳥集鳴春曉，海岸雲清觀日昇。
河邊柳眼迎春綠，苑內花腮映日紅。

蘆雁（三唱）

秦中雁塔唐朝造，塞上蘆笳喀族吹。

秋月（四唱）

窗懸新月驚飛鳥，山到深秋醉野楓。
深宵步月騷人少，滿谷吟秋蟋蟀多。

雙七（五唱）

東坡嘯詠雙荷葉，子建悲吟七步詩。

客雲（七唱）

北固留詩題謝客，東坡有妾號朝雲。
往來各地爲過客，富貴加身視若雲。

註 「北固」：山名，在江蘇省丹徒縣；「謝客」：謝靈運小名。

能為（一唱）

能任好吏民興善，爲勵清官國肅貪。
能悟禪機成般若，爲登仙界鍊還丹。

嶴雲（三唱）

風吹嶴谷松濤湧，雨滿雲山霧氣升。
身躋嶴嶺心懷壯，義薄雲天氣勢雄。

龍山（一唱）

龍飛虎拜三陽動，山峙淵渟四海平。
龍盤虎踞南京郭，山霧風涼北郡城。

金龍（一唱）

金殿玉人眉似柳，龍吟虎嘯氣如虹。
龍翔鳳翥祥雲起，金雀玉蟬深樹鳴。

風露（二唱）

晨風颯颯吹金樹，夜露瀼瀼似玉珠。

新舊（三唱）

清明舊例墳塋掃，族譜新編孝悌全。

聲影（四唱）

蜃樓霧影迷龍洞，海嶠天聲振漢營。

復興（五唱）

孫文篤志興中會，韓愈潛心復古文。
次山揮灑興唐頌，白水終成復漢朝。

註　「次山」，元結字；「白水」，光武帝，白水人，人稱白水真人。

舟劍（六唱）

千重山內藏舟壑，六合門中習劍功。

旗劍（四唱）

龍泉魚劍誅秦帝，紫蓋黃旗頌漢王。
青萍寶劍干將器，翠鳳靈旗武帝儀。

春放（五唱）

明皇鼓曲春鶯囀，趙抃彈琴放鶴亭。
履臨憂慮春冰薄，板蕩惟思放海行。

註　「春鶯囀」唐曲名。

詩聖（六唱）

天時氣節興詩意，日月升恆仰聖心。
葩經各首留詩序，騷賦連篇識聖顏。

送窮（七唱）

書函寄遞郵差送，簫管頻吹吳市窮。
身居白屋何人送，室只青氈四壁窮。

詩友（七唱）

雷義陳重是知友，卜商子貢可言詩。
栽培後學稱師友，懷念先賢作頌詩。

一多（三唱）

春臨一塢櫻如海，夏至多塘荷似雲。

更始（四唱）

龍吟初始如雷動，虎嘯殘更似颶來。

筆花（四唱）

蘭亭鼠筆奇文賞，桂苑梨花白雪香。
繪圖用筆先投墨，闢苑栽花好醉醲。

註　「桂苑」：李商隱《藥轉》詩：「露氣暗連青桂苑。」曾國藩注：西王母花園。

文苑（七唱）

唐皇初闢儒林苑，秦代猶傳蝌蚪文。
陳憍佛度梵林苑，老子經傳道教文。

詩苑（二唱）

唐詩熟讀寬心志，藝苑清游靜腦筋。
毛詩古韻三回復，上苑清芬百去來。

詩畫（六唱）

青山綠水興詩意，鳥語花香作畫題。
花前月下皆詩料，萬水千山盡畫圖。

▲富貴長春

▲福壽綿長

培生社長《星空夜語》讀後

楊君潛

仁敬註一為人面和藹，平凡之中見偉大。稽公皇祖好時侯註二，武略文韜不世出。
千秋胤嗣更增華，亮采註三事功才穎異。國朝官拜執金吾，著績洄瀾冠群吏。
星空夜語汪仲民，接篆吉安記履新。窈窕佳人赤繩繫，山盟廨舍締婚姻。
水上註四指揮欽若定，權奇倜儻註五掃煙塵。新城積弊化烏有，仕宦亨通壯志伸。
榮調南投警察局，忠勤贏得聖恩註六沃。後備軍人賴煦熙，取締邪教正風俗。
幹練貞明上級褒，不辭抗命護曬穀。航空警所步青雲，先生器度式如玉。
一卷風行眾目瞻，抒懷回顧兩相兼。為官四紀註七勤清慎，律己無頗禮義廉。
詩書畫妙驚鷗鷺，美善眞全羨鰈鶼。福報纍纍有餘慶註八，從知天道眷勞謙註九。

註一　仁敬：《漢書．高祖紀》：「項羽仁而敬人。」吳偉業詩：「仁敬居然百戰中。」

註二　好時侯：東漢名將耿弇封號。耿弇破銅馬、赤眉、青犢，積功拜建威大將軍，光武帝稱讚不置。

註三　亮采：輔導。《尚書・皋陶謨》：「亮采有邦。」

註四　水上：派出所名。

註五　權奇倜儻：「權奇」：奇特、卓異也；「倜儻」，不羈貌。《漢書・禮樂志》：「志倜儻，精權奇。」司馬遷《報任少卿書》：「惟倜儻非常之人稱焉。」

註六　聖恩：指蔣經國總統，時任國軍退輔會主任委員。

註七　四紀：一紀十二年，四紀，四十八年。李商隱《馬嵬》詩：「如何四紀為天子，不及盧家有莫愁。」

註八　有餘慶：《易・坤卦》：「積善之家，必有餘慶。」

註九　天道眷勞謙：《易・謙卦》：「天道虧盈而益謙。」又：「勞謙君子，有終吉。」

培生吟草

▲鳺錦呈祥

錦羽呈祥 生於培祥羽

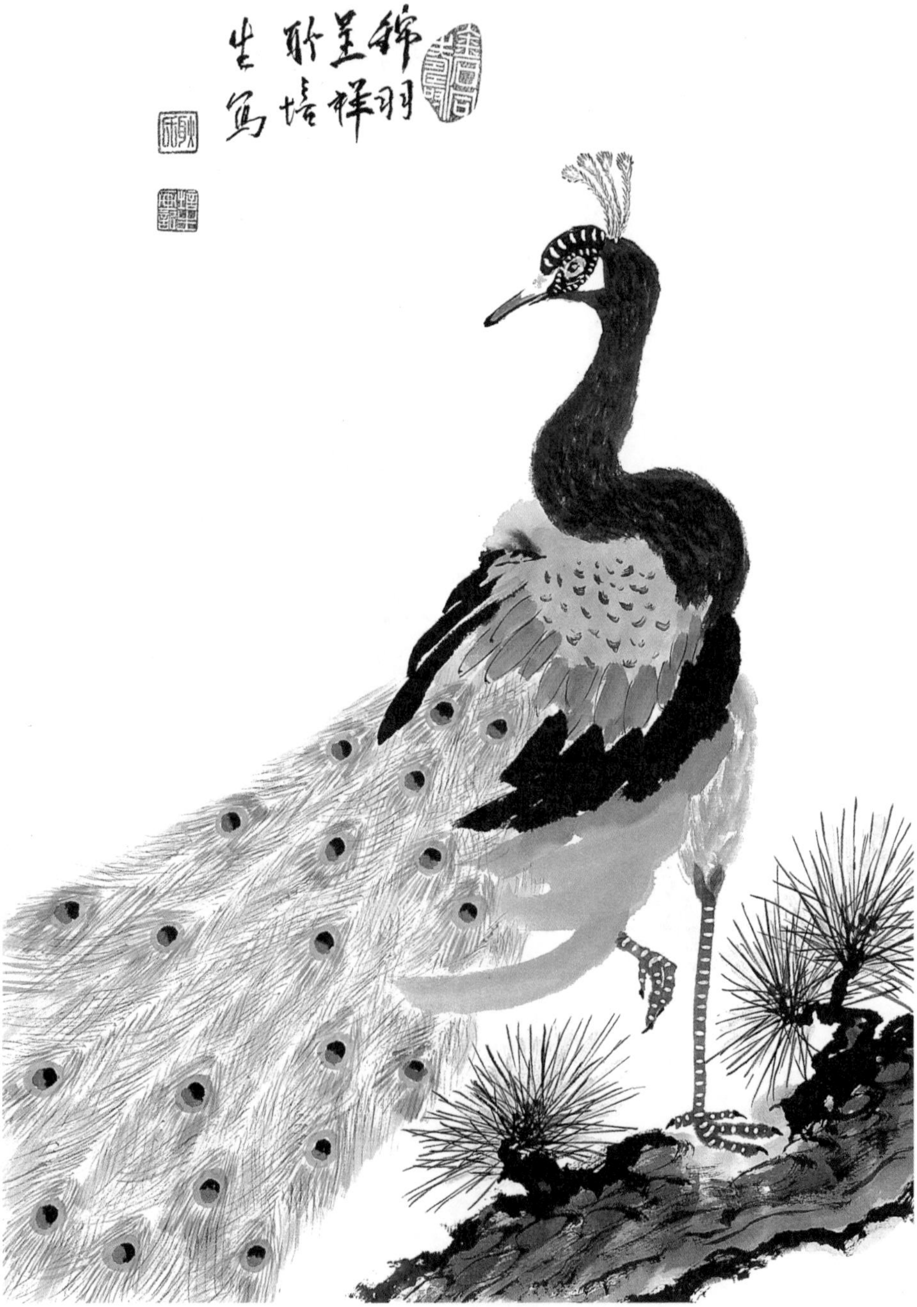

▲錦羽呈祥

附錄

培生道長：

承賜「星空夜語」大作，深辭文辭並茂，感佩之餘，謹不揣學淺，奉上拙詞一闋，敬請斧正。

調仿一南樓令

明月伴星空。夜語懷警工。逾半紀、維安是從。山港航機歷艱險，傾全力、建殊功。

立身秉謙沖。處事總圓融。飽學士、滿腹文風。桃李芬芳傳社教，詩書畫、仰儒宗。

大漢末學吳[illegible]

培生學長惠贈天空夜語讀後

亂世辭親進警場
高瞻睿智比人強
上山下海全無懼
虎穴龍潭盡一匡
件件離奇昭武略
篇篇曲折好文章
天空夜語千回讀
典範箴規百代揚

武岡唐謨國撰書 時年九十有七

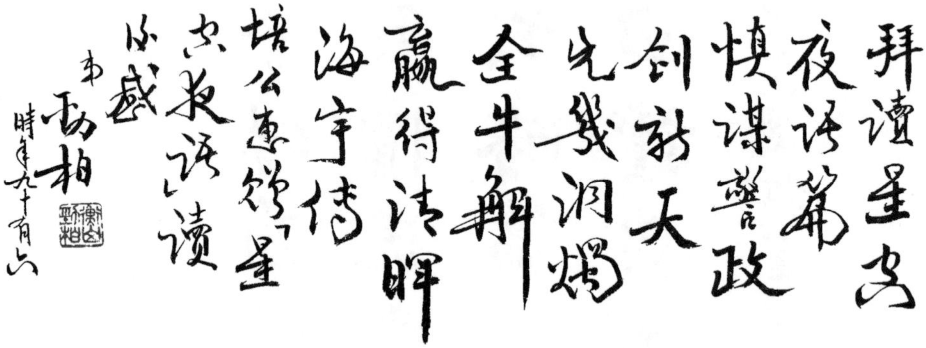

拜讀星火
夜話篇
慎謀警政
創新天
先幾洞燭
全牛解
贏得清暉
海宇傳
培公惠贈星
火夜話讀
後感
弟 衡柏
時年九十有六

▲遠山飛鴻

▲浪卷層岩

▲驚濤拍岸

▲層山翠嶺

▲青溪漁隱

▲富貴吉祥

▲喜上眉梢

為天地立心，為生民立命，為往聖繼絕學，為萬世開太平

張載語

聘培生

文化生活叢書·詩文叢集 1301042

培生吟草

作　　者　耿培生
責任編輯　楊芳綾
特約校稿　林秋芬

發 行 人　陳滿銘
總 經 理　梁錦興
總 編 輯　陳滿銘
副總編輯　張晏瑞
編 輯 所　萬卷樓圖書股份有限公司
排　　版　游淑萍
印　　刷　森藍印刷事業有限公司
封面設計　菩薩蠻數位文化有限公司

發　　行　萬卷樓圖書股份有限公司
　臺北市羅斯福路二段 41 號 6 樓之 3
　電話 (02)23216565
　傳真 (02)23218698
　電郵 SERVICE@WANJUAN.COM.TW
香港經銷　香港聯合書刊物流有限公司
　電話 (852)21502100
　傳真 (852)23560735

ISBN 978-986-478-227-7

2018 年 11 月初版一刷

定價：新臺幣 300 元

如何購買本書：

1. 劃撥購書，請透過以下郵政劃撥帳號：
   帳號：15624015
   戶名：萬卷樓圖書股份有限公司
2. 轉帳購書，請透過以下帳戶
   合作金庫銀行 古亭分行
   戶名：萬卷樓圖書股份有限公司
   帳號：0877717092596
3. 網路購書，請透過萬卷樓網站
   網址 WWW.WANJUAN.COM.TW

大量購書，請直接聯繫我們，將有專人為您服務。客服：(02)23216565 分機 610

如有缺頁、破損或裝訂錯誤，請寄回更換

國家圖書館出版品預行編目資料

培生吟草 / 耿培生著. -- 初版. –
臺北市：萬卷樓, 2018.11
面；　公分. –
(文化生活叢書. 詩文叢集 ；1301042)
ISBN 978-986-478-227-7(平裝)

851.486　　107018475